COLECCIÓN CLÁSICOS PARA NIÑOS

D0250291

COLECCIONES

Belleza
Negocios
Superación personal
Salud
Familia
Literatura infantil
Literatura juvenil
Ciencia para niños
Con los pelos de punta
Pequeños valientes
¡Que la fuerza te acompañe!
Juegos y acertijos
Manualidades
Cultural
Medicina alternativa
Clásicos para niños
Computación
Didáctica
New age
Esoterismo
Historia para niños
Humorismo
Interés general
Compendios de bolsillo
Cocina
Inspiracional
Ajedrez
Pokémon
B.Traven
Disney pasatiempos

Anónimo

Robin Hood

SELECTOR
actualidad editorial

Doctor Erazo 120
Colonia Doctores   **Tel. 55 88 72 72**
México 06720, D.F.   **Fax 57 61 57 16**

ROBIN HOOD
Adaptado por: Catalina Barrios

Diseño de portada: Mónica Jácome y Sergio Osorio
Ilustración de interiores: Eduardo Chávez

Copyright 2002, Selector S.A. de C.V.
Derechos de edición reservados para el mundo

Segunda reimpresión. Enero de 2003.
ISBN: 970-643-445-5

NI UNA FOTOCOPIA MÁS

Características tipográficas aseguradas conforme a la ley.
Prohibida la reproducción parcial o total de la obra
sin autorización de los editores.
Impreso y encuadernado en México.
Printed and bound in Mexico

Prólogo

Que en el mundo no sufran las niñas y los niños. Que la gente pobre tenga comida y cobijo. Que las mujeres no sean tratadas injustamente. Que los que trabajan reciban un pago por lo que hacen, son grandes ideales. Siempre han existido hombres y mujeres que dan lo mejor de su vida para lograrlos. Robin de Locksley, es un ejemplo de ello; ésta historia sucedió en Inglaterra hace muchos años, pero te darás cuenta que en este siglo tan moderno, existen en el mundo personas que defienden las mismas causas como el amor, la amistad, el respeto y sobre todo, el luchar en equipo para lograr lo que soñamos. Ojalá que al leer este libro, disfrutes la aventura de Robin Hood y sus amigos.

Contenido

El esclavo Sibald

El esclavo Sibald tenía mucha hambre. En el bosque vio un venado, armó su arco y apuntó, el venado cayó fulminado.

De repente, apareció en el bosque un joven.

—¡Robin! Robin de Locksley, suplicó el esclavo—, maté al venado porque tenía hambre.

—Pero pueden matarte los hombres del rey por lo que has hecho Sibald.

—Señor, tenía hambre ,lo juro.

Entonces Robin le dijo:

—Vente conmigo a mi casa. Después veré cómo ayudarte.

El capitán Guy de Gisborne y Heberto salieron a buscar a quien había cazado al venado.

—¡Robin de Locsley! gritó Guy ¡Baja tus armaduras y ríndete!, vengo a hacer justicia, en nombre de Hugo de Rainault; quien es amo y dueño del bosque y de todos los venados.

Entonces Robin Hood golpeó con todas sus fuerzas a Gisborne, hasta hacerlo caer del caballo.

—¿Qué te parece mi recibimiento? —gritó Robin al tirano.

Guy al no poder enfrentar a Robin huyó del lugar. De esta manera Robin evitó que apresaran a Sibald.

Después de salvar a Sibald, Robin reunió a sus amigos y les dijo:

—Vamos a defender al pueblo; tenemos que impedir que sufran los niños, las personas humildes y las mujeres. ¡Jamás lo olviden!

Al día siguiente, Robin se disfrazó de alfarero y mientras vendía su mercancía escuchó al sheriff decir en voz alta, daré 40 monedas de oro a quien capture a un tal Robin, pues atacó a mis hombres y a Gisborne, todo por defender al esclavo que mató a uno de mis venados.

Robin Hood se fue al bosque para decirle a sus compañeros lo que pensaba hacer el sheriff.

En el camino Robin vio a un hombre muy alto, parecía un gigante; y cuando lo alcanzó le dijo:

—¿Cómo te llamas?

—Me llamo Juan de Mansfield.

—¿Y qué haces en el bosque?

—Esconderme de Ralph de Mansfield.

Robin había escuchado que el tal Ralph era muy malo, así que le dijo:

—Ni una palabra más, considérate desde ahora, como uno de los hombres de la banda de Robin Hood. ¡Ése soy yo!

El abad pide ayuda

Por el camino que iba de Ollerton a Worksop se encontraba la abadía de Santa María, donde el padre Hugo de Rainault era dueño y señor; al norte de este lugar, estaba el castillo de Isambart de Bellame.

El abad fue a pedirle ayuda a Isambart para capturar a Robin

—¿Y qué beneficio obtendré?, preguntó Isambart.

—El honor de haber ayudado a la Santa Iglesia dijo el padre Hugo.

—Mejor, me das en matrimonio a la joven Mariana.

—¡Acepto! — dijo de mala gana el sacerdote.

Tres días después, Isambart de Bellame cumplía su palabra. Treinta hombres fornidos y bien armados se unieron a las tropas de Guy.

Se fueron al bosque a buscar a Robin, en el camino escucharon:

—¡Detente, Gisborne!, estás rodeado por mis muchachos, y el primero de los tuyos que arme un arco, morirá — les dijo Robin.

—¿Detenernos? ¡Nunca!, yo mismo te voy a colgar de un árbol — le gritó Guy.

Robin, además de ser el mejor arquero, conocía muy bien el bosque, así que colocó unas trampas y 15 de los hombres de Guy quedaron atrapados.

Guy de Gisborne como estaba furioso, les dijo a sus hombres:

—Tenemos tiempo de atrapar a Robin.Diez de ustedes monten guardia.

Como ya había oscurecido no podían usar sus arcos.

Los hombres de Robin, cuando salió la Luna, aprovecharon la luz y los atacaron con una lluvia de garrotazos.

Guy al ver lo que pasaba les ordenó:

—Corran para ponerse a salvo.

Cuando en el pueblo se supo de esta aventura, la fama de Robin y sus valientes amigos aumentó.

El mercader valiente

Después de la aventura del bosque, aumentó el odio de Hugo de Rainault contra Robin. Una mañana Robin y sus hombres vieron una caravana que iba de Mansfield a Nottingham.

Los comerciantes se detuvieron. Pero el jefe de la caravana disparó una flecha contra Robin. Nuestro héroe se hizo a un lado y se salvó.

Entonces uno de los comerciantes al ver que su jefe atacó a Robin decidió no trabajar más para él.

—Señor uested es valiente, déjeme quedarme con los suyos, le suplicó a Robin.

Cierto día al mediodía mientras comían, el mercader les habló de un hombre, que comía más que todos ellos juntos. Entonces Robin dijo:

—¿Quién es ese hombre? Quiero conocerlo.

El mercader le contestó, que se trataba de un sacerdote que renunció a la iglesia y se convirtió en un hombre solitario.

—Vayamos a buscarlo, yo trataré de convencerlo para que abandone su soledad y se una a nosotros, repitió Robin.

Al día siguiente, Robin salió con Juan y Much en busca del ermitaño.

El fraile los vio llegar pero siguió comiendo como si estuviera solo en el bosque.

¡Hey tú! le gritó Robin, hagamos las paces, y dime ¿Cómo te llamas?

—Fraile Tuck. ¿Y cómo te llaman a ti bribón?

—Robin de Locksley, o mejor, Robin Hood. Tuck vente con nosotros, necesitamos un buen cocinero, además siempre habrá comida para ti.

Robin lo convenció y consiguió un fraile cocinero para la banda.

El torneo de arco

Cierta tarde Much fue al bosque a buscar a la banda de Robin y les dijo:

—Habrá un torneo de arco en Nottingham para reunir el dinero y poder rescatar a nuestro rey, Ricardo Corazón de León.

—¿Quiénes van a participar? preguntó entusiasmado Robin.

—El viejo Hodden, el rey Enrique y...

—También iré yo, será una sorpresa y ganaré el torneo. ¡Todos rescataremos al rey!, les dijo Robin.

Robin asistió al torneo de arco disfrazado de vagabundo.

El blanco estaba sujeto a un árbol, todas las flechas acertaron al centro pero en el último tiro Robin clavó su flecha en medio de ellas. Ésta quedó justo en el centro de todas, ganando de esta manera el torneo.

Cuando entregaron el premio Robin no aceptó el oro para él, decidió tomarlo, pero se lo dio a la gente más pobre del pueblo.

Guy reclama a la novia

Diez días después del torneo, Rainault recibía a Isambart quien fue a reclamarle la novia que le había prometido.

—Está bien, enviaré a alguien a Kirkless para convencer a la muchacha —contestó Rainault.

Mientras tanto Robin se enteraba de los planes de Isambart.

—No permitiré que a una niña joven y bella la obliguen a casarse con ese ogro.

—Vamos muchachos la rescataremos de las manos de Gisborne.

Al día siguiente cuando el valiente Robin detuvo la caravana que llevaba a Mariana, ella al bajar de la carroza preguntó:

—¿Quién los mandó a salvarme? Yo debo ir con el padre Hugo, él va a darme en matrimonio.

—Un gran hombre, le dijo Juan.

—¿Y en dónde está ese gran hombre?, debo darle las gracias por lo que ha hecho preguntó dulcemente la niña.

Cuando Mariana miró a los ojos al noble Robin, inmediatamente se enamoró de él.

En el bosque de Sherwood todo fue como un cuento de hadas. Mariana con sus cantos, sus guisos y su linda sonrisa conquistó a los hombres de Robin.

Una mañana, el Sol brillaba y los pajarillos revoloteaban por el bosque.

Robin se armó de valor y se acercó al río donde estaba la bella Mariana; entonces le dijo:

—Mariana debemos casarnos ahora mismo, porque estoy enamorado de ti.

Mariana lo miró con ternura y le respondió:

—¡Sí Robin, sí nos casaremos!

El hermano mentiroso

El padre Hugo al enterarse de la boda de Robin, pensó que perdería la herencia que iba a quitarle a Mariana, así que decidió pedirle ayuda a su hermano Roberto de Rainault.

Reunió a tres de sus hombres y salió hacia el bosque; en el bolso de su abrigo llevaba mil monedas de oro para convencer a su hermano.

Jamás se imaginó que ese día, el mismo Robin, se encargaría de quitárselas, para dárselas a los pobres.

Así que tendría que mentirle a su hermano.

Cuando el padre Hugo llegó a casa de su hermano Roberto, le habló de sus planes.

—Por quinientos, ni un oro menos, le daré caza a tu hombre, dijo Roberto secamente.

—Los tendrás, aceptó resignado el padre, sin confesarle que ya no los tenía.

Convencido de que ganaría ese oro, Roberto organizó a sus hombres.

Rainault, que no era tonto, dividió sus fuerzas en dos comandos, uno al mando de Huberto, su mejor arquero, y el otro al mando de él.

Roberto de Rainault y su arquero Huberto fueron capturados por los hombres de Robin.

Mientras tanto, Robin daba la orden de atar a Rainault y dejarlo en la puerta de la iglesia de Santa María.

Todos ignoraban que Robin había hecho jurar al sheriff, que sería a él a quien daría el dinero que pensaba cobrar por su captura.

La captura de Will

Comenzaba la primavera, cuando se supo que estaba cerca el regreso del rey Ricardo.

La banda de Robin estaba en el bosque. Entonces llegó Much y les dijo:

—Isambart capturó a Will y lo colgará mañana.

—¡Eso no sucederá, Will nos tiene a nosotros!

—¿Pero cómo lo rescataremos del castillo? sus murallas son impenetrables –aseguró Much.

—Sí hay una forma, Dickon trabajó como albañil cuando se contruyó–contestó Robin–él nos dirá cómo entrar.

Robin logró entrar al castillo, guiándose por las indicaciones de Dickon.

—Will, ¿estás por aquí? ¡Contéstame, mi buen hermano!

—¡Sí, Robin, aquí estoy!...

Robin buscó y encontró la puerta que daba a los calabozos.

Will estaba herido y no podía caminar, entonces un hombre que dijo llamarse Ricardo at Lea que también estaba preso, le ayudó a sacar a Will, y entre los dos lograron salir cargando a Will.

Todo terminó según los planes de Robin.

Cuando regresaron al bosque después de curar las heridas de Will, Robin se sentó a la sombra de un árbol y le dijo al hombre que le ayudó en el rescate de Scarlet.

—Tú no eres Ricardo at Lea. ¿Cómo es que estás vivo, si tu barco se hundió?

—Eso es verdad, pero me salvaron los hombres de Rogelio el Cruel y me llevaron a su castillo, que es donde me encontraste.

—Ese castillo no es de ese tal Rogelio, le pertenece a Isambart.

—Aquí hay un misterio-dijo Robin.

Ricardo at Lea

—Por favor le pido escuche mi historia, dijo Ricardo at Lea.

—Adelante le contestó Robin.

—Cuando murió mi esposa, dejé a mi hija a cargo de Hugo de Rainault. Antes de unirme al ejército del rey Ricardo pedí prestadas cien monedas de oro, al padre Hugo, y le dejé como garantía mi castillo, mis tierras y a mi hija Mariana.

—¡Claro ahí está el misterio! Rainault, creyó que estaba muerto, y quería quedarse con la herencia-pensó para sí Robin.

Cuando Robin escuchó el nombre de Mariana, preguntó:

—¿Tu hija es hermosa, tiene una dulce sonrisa y bellos ojos?

—Sí, sí, y no sólo es hermosa, sino que tiene un corazón muy noble, le respondió entusiasmado el caballero.

—Pues debo confesarte algo le dijo Robin. Mariana es mi esposa y vive conmigo en el bosque, te llevaré con ella. Sé que los dos serán felices al volverse a ver—aseguró con gran dicha Robin.

—¡Mariana, Mariana amada mía!, ven tengo una sorpresa para ti–exclamaba Robin al llegar al refugio. Ahora mira hacia acá, ¿ves alguna cara conocida?

—Cuando Mariana vio al caballero Ricardo, dio un grito de alegría y corrió hacia donde estaba su padre.

—¡Oh, Robin, esto que me das es maravilloso!

Entonces Ricardo, le dijo a Robin.

—Por lo que conozco de ti, no puedo desearle mejor marido a mi hija. ¡Ven también tú a abrazarme!

El rapto de mariana

Meses más tarde Robin y el fraile Tuck recorrían el bosque, cuando vieron a Will que corría hacia ellos.

—¡Robin, Isambart ha atacado nuestra cueva, se llevó a Mariana y a cinco de los nuestros!

—¡Yo sabré rescatarla de esas garras que la raptaron!, contestó Robin.

Will Scarlet le insinuó:

—Amigo, no es cosa tan fácil atacarlo.

—¡No sólo lo atacaré sino que no dejaré nada de él!,¡Por la virgen, juro que no descansaré hasta dejar sin vida al malvado de Isambart de Bellame!

Cuando Robin salió en busca de su amada.

Apareció en medio del bosque, un hermoso caballo negro.

El hombre que lo montaba, iba vestido de negro.

—¡Eh, caballero! ¿Qué hacéis por estos caminos?,¿por qué vas solo?–le preguntó Robin.

—¡Hago lo que se me da la gana y voy donde debo ir, contestó secamente el hombre.

Tiró de las riendas de su caballo y se dio la vuelta.

Robin se quedó sorprendido por la actitud del hombre, y decidió seguirlo.

Robin, nunca había conocido a alguien con ese carácter, lo invitó a charlar y a comer con él.

El caballero aceptó.

Robin le dijo que estaba ahí porque saldría con sus hombres al otro día para rescatar a su esposa, la hija de Ricardo at Lea.

—¿Cómo, Ricardo está vivo? —preguntó asombrado el caballero negro.

—Sí, yo mismo lo rescaté, del castillo de Rogelio el Cruel, —le contestó Robin.

El rescate

Cuando Robin terminó su relato, el caballero le dijo.

—No estás solo en esto. Te voy a ayudar. Si tú salvaste a Ricardo debo corresponderte.

—¿Pero, ayudaría a un hombre como yo? —le preguntó, con respeto Robin.

—Algún día sabrás quién soy. Confórmate con saber, que sé que tú eres el buen y valiente Robin Hood y que amas al pueblo.

—¡No se diga más, salgamos a rescatar a la bella Mariana.

Robin explicó su plan.

—El caballero atacará por el puente levadizo, mientras nosotros tratamos de entrar.

No les fue difícil encontrar a Mariana.

—¡Robin mío!-exclamó Mariana-Isambart quería que le cediera mis tierras; como me negué, él iba a matarme.

Mientras Robin rescataba a Mariana, el caballero negro cruzó el puente y pasó la puerta de la muralla exterior sin ninguna dificultad.

El fraile Tuck se adelantó para luchar con Isambart pero el caballero negro, gritó:

—¡Quietos, ese hombre me pertenece!, yo seré quien pelee con él.

Al oír esa voz, Tuck, Isambart y hasta Robin quedaron en suspenso. El caballero negro le dijo a Isambart:

—¡Defiéndete!

Y cuando Isambart levantó su espada para descargarla sobre el caballero, el hacha de éste, cayó sobre Isambart con tal fuerza que ya no se levantó jamás.

Robin, al terminar la lucha, buscó entre su gente al caballero, pero éste había desaparecido...

—¡Deberíamos haberlo reconocido!, si alguien lo vuelve a ver, que se arrodille ante él, porque es nuestro rey Ricardo -dijo Robin.

Años después....

Ricardo Corazón de León, regresó a Inglaterra gracias a que el pueblo reunió el dinero de su rescate. Cuando pasaba entre las filas de los hombres y mujeres que lo esperaban, escuchó que la gente decía:

—Robin Hood estaría feliz y orgulloso de ver entre nosotros a nuestro rey.

—Sí, pero los guardias del rey lo atraparían, pues siguen creyendo que es un bandido –dijo uno de los niños.

Una tarde, salió un pregonero del castillo del rey, a anunciar que Ricardo Corazón de León tendría una sorpresa para su pueblo.

—Vayan mañana al patio principal del palacio –decía por los caminos el pregonero.

Cuando el pueblo llegó al palacio, el rey les dijo:

—Cualquiera de ustedes que vea a Robin Hood; dígale que el rey, lo nombra también desde ahora, como el rey del bosque de Sherwood y de los pobres.

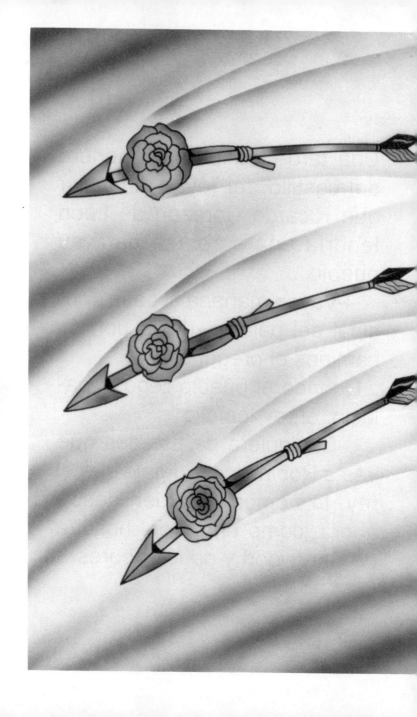

Aún seguía reunido el pueblo en el patio del palacio y Robin ya se había enterado de las palabras del rey. Entonces, tomó tres de sus flechas preferidas, y le pidió a Mariana que le atara en cada una las rosas más bellas de su jardín.

El rey estaba sentado en el palco, cuando de pronto, justo detrás de él, quedaron clavadas las rosas. Asombrosamente ninguna perdió sus pétalos.

Ricardo Corazón de León supo que se trataba de Robin Hood y sus veloces flechas.

Pasaron varios años, y las cosas mejoraron para el pueblo de Sherwood. Robin y sus hombres se encargaron de hacer justicia.

Cada vez que sabían que un rico se aprovechaba de sus trabajadores, planeaban algo para darle su merecido.

Algunas veces era divertido, porque bastaba con darles un pequeño y mañoso susto, ¡y listo!

Robin y Mariana fueron un ejemplo para todos los jóvenes que querían casarse.

Mariana enseñaba, a todas las mujeres de la villa, a cocinar y a curar a los enfermos y también a cultivar el campo.

Robin enseñó a los hombres a construir hermosos y magníficos arcos, en ningún lugar había flechas más rápidas que las de Robin. También eran buenos cazadores y sobre todo hombres de buen corazón.

FIN

Esta edición se imprimió en Enero de 2003, en Impresos Editoriales
Agapando 92, Col. Jardines de Coyoacán, 04890, México, D.F.

SU OPINIÓN CUENTA

Nombre..

Dirección..

Calle y núm. exterior......................................interior..................

Colonia...Delegación......................

C.P...................**Ciudad/Municipio**..

Estado...**País**..........................

Ocupación...**Edad**......................

Lugar de compra...

Temas de interés:

- ❐ *Empresa*
- ❐ *Superación profesional*
- ❐ *Motivación*
- ❐ *Superación personal*
- ❐ *New Age*
- ❐ *Esoterismo*
- ❐ *Salud*
- ❐ *Belleza*

- ❐ *Psicología*
- ❐ *Psicología infantil*
- ❐ *Pareja*
- ❐ *Cocina*
- ❐ *Literatura infantil*
- ❐ *Literaura juvenil*
- ❐ *Cuento*
- ❐ *Novela*

- ❐ *Cuentos de autores extranjeros*
- ❐ *Novelas de autores extranjeros*
- ❐ *Juegos*
- ❐ *Acertijos*
- ❐ *Manualidades*
- ❐ *Humorismo*
- ❐ *Frases célebres*
- ❐ *Otros*

¿Cómo se enteró de la existencia del libro?

- ❐ *Punto de venta*
- ❐ *Recomendación*
- ❐ *Periódico*

- ❐ *Revista*
- ❐ *Radio*
- ❐ *Televisión*

Otros..

Sugerencias_____

_____

_____

Robin Hood